24. 9
행복하세요

‖‖‖‖‖‖‖‖‖‖‖‖‖‖‖‖‖‖‖‖‖‖‖‖‖‖‖‖‖‖
KB193765

헤픈 것이다

헤픈 것이다

김보영

위즈덤하우스

차례

헤픈 것이다 ·· 7

작가의 말 ·· 77

김보영 작가 인터뷰 ·· 81

재로 덮인 탁자가 희뿌옇다. 국화 화환은 두부처럼 바스러져 있다. 식탁에는 빈 접시가 나뒹굴고 접시 가장자리에는 들짐승 잇자국이 스산하게 박혀 있다. 벽은 거무튀튀하고 공기는 곰팡내로 푸석푸석하다. 깨진 잿빛 창문으로 찬바람이 들이쳐 먼지구름이 자욱하다.

　……여행만 갔더라면.

❖

"그래, 그날 이후로 인생이 전부 변했지."

큰아버지는 소주잔을 쭉 들이키며 길게
트림하고는, 얇은 비닐을 덮은 식탁에 탁
내려놓으며 말했다.

"……온통 불바다였어. 하지만 평범한 불이
아니었지. 보통 불이란 것은 불완전연소로
일산화탄소가 발생해서 숨이 막히고 냄새가
역하기 마련이잖니. 그런데 그 불은 매화
향처럼 향긋한 것이……."

"아저씨, 언제 집에 불나셨습니까?"

뒤늦게 온 민재 녀석이 양손 가득
송편과 편육을 들고 친척들 사이에 비집고
들어오며 눈치 없이 물었다. 큰아버지는 쯧,
하며 눈짓하고는, 민재가 짭짭 소리를 내며
송편을 입에 쑤셔 넣는 동안 다시 썰을 풀기

시작했다.

"사람 새로 왔으니 처음부터 다시 하마. 그래, 그게 5년 전 겨울이었지, 내가 생물학과 교수 동료들하고 대학원생들하고 계룡산에서 희귀 버섯 채집하다 폭우를 만나지 않았겠니."

엄마는 저쪽 식탁 끄트머리에 조용히 쪼그리고 계셨다. 안 그래도 왜소한 몸이 더 조그마했다. 엄마는 노곤해 보였다. 자리는 지키지만 대화에는 낄 기운이 없어 보였다. 말을 붙여보고 싶었지만 그랬다간 난처해질 분위기라 얌전히 있었다.

양가 제사와 명절 모임이 코로나로 증발한 지 수년째라, 이번 장례식은 오랜만에 귀성객과 고향 사람들이 모여 안부를 나누는 뜻깊은 민족 대명절이 되어 있었다. 아빠는 간만에 집안 어른이 된 기분에 흠뻑 취해 이 자리 저 자리 돌며 너털웃음 속에서

대감마님처럼 호령하고 있었다. 어찌나
속없이 즐거워 보이는지.

　나는 도저히 이 북적거림을 감당할
여력이 없었으나, 오는 분들마다
"소란스러워야 슬픔이 가신다"며 등을 떠밀고
있었다. "빈소가 시끌벅적해야 좋은 데
가신다"며 부러 목청을 높이는 분도 계셨다.
하지만 정작 위로는 아빠가 다 받고 격려도
아빠가 받고, 간혹 곡도 아빠가 다 하고, 나는
일만 하는데, 이 시장통이 내게 도움이 되기는
할까, 심히 의구심이 일었다.

　"그때 개울이 넘쳐 일행과도 떨어지고,
나 혼자 빗속에 고립되지 않았겠니. 날은
점점 어두워지지, 길은 끊겼지, 발은 푹푹
빠지지, 한 치 앞도 안 보이지, 아, 내가
이렇게 가는구나, 하고 한탄하다 깜박 정신을
잃었는데……"

장광설을 제외하고 요약하자면 큰아버지 사연은 이러했다. 눈을 떠보니 주위가 불바다였다. 불은 오색빛으로 영롱했다. 생전 처음 보는 찬란한 색채였다. 황망한 가운데 눈부신 불덩이가 나타나 길을 인도하기 시작했다. 큰아버지는 무아지경 속에서 불길을 쫓아 낯선 곳을 헤맸다. 어느덧 산마루에 오르니 저 아래 부서진 도시가 펼쳐져 있었다. 대전은 전쟁터처럼 폐허가 되어 있었다. 엑스포 타워와 아파트촌은 무너졌고 금강은 재로 눅눅했다. 무너진 콘크리트 더미 위를 말라 죽은 가시박이 뒤덮고 있었다. 퍼뜩 정신이 들어보니 큰아버지는 어느덧 산 아래에 내려와 있었고, 숙소로 가는 버스 정류장 앞에 멀뚱히 서 있었다고 한다. 한 10여 분쯤 지난 줄 알았는데 시계를 보니 다섯 시간이나 헤맨

헤픈 것이다

뒤였다.

　"그때 깨달았지. 아, 내가 연옥에
다녀왔구나. 사후세계는 존재하는구나.
그간 내가 참 세계를 모르고 허튼 지식에만
탐닉했구나, 하고."

　그것이 큰아버지가 번듯한 대학교수직을
내던지고 새천국재림교회에 입교한 계기였다.
개척교회인지 이단인지 사이비인지야
바깥에서는 알 길이 없는 곳이었지만,
거기서도 큰아버지는 타고난 머리와 수완을
발휘해서 열심히 교세를 확장하고 계신
모양이었다.

　대화가 끝난 식탁에는 민재가 편육을
우걱우걱 씹는 소리만 낭랑했다. 민재는
사이다 캔 하나를 치익 따서 아직 편육이 가득
든 입안에 꿀꺽꿀꺽 털어 넣었다.

　어른들은 제각기의 방식으로 난감해했다.

그래도 집안 큰어른이 말씀하시는데 뭐라
딴지 놓기도 그렇고, 괜히 말을 얹었다가는
모를 소리만 길어질 노릇이라 누구 하나
입을 떼지 못했다. 큰아버지는 큰 진리를
설파했다는 뿌듯한 미소를 지으며 옆에 앉은
내 어깨를 토닥였다.

"내가 하고 싶은 말은, 주은아, 어머니는
지금도 어딘가에 계신단다. 그러니 슬퍼할 것
없......"

"아이고, 아저씨, 참 신기한 일도 다
겪으셨습니다! 세상엔 진짜 희한한 일도
많네요."

눈치라고는 밥 말아 먹은 민재가 빈소가
떠나가도록 쩌렁쩌렁하게 소리쳤다. 으아,
얼굴이 화끈거렸다. 아무튼 저놈은 옛날에
부산으로 이사 가서 연도 끊어졌건만 친구
하나 안 부른 남의 가족장에 쳐들어와서는

이틀째 밥만 처먹고 있다. 삼십 줄 넘도록
백수인 줄도 알고 있었고 엄마한테 빌붙어
사는 줄도 알고 있었는데 아무래도 이제
집에서도 쫓겨난 모양이다. 얼씨구나, 무료
급식소 열렸네, 하고 쭐레쭐레 올라왔나 보다.

"어허, 희한한 일이 아니라, 세상 이면의
모습이지."

작은아버지가 옆에서 자, 자, 이러지들
말고 오랜만에 만났는데 일단 한잔씩들
하자고, 하며 화제를 돌리려는 찰나
큰어머니가 한층 물오른 전도의 기세
가라앉을세라 손가방을 열어 전단지를 꺼내
돌리기 시작했다.

"자, 하나씩들 받아봐요. 나도 처음엔
이 양반이 뭐 씌었나, 했는데, 보다
보니 아니더라고. 나도 심심풀이 삼아
쫓아다녀보지 않았겠어. 이 양반이 혹시

자기와 비슷한 일 겪은 사람이 있나
산길을 쭉 훑어보는데, 산자락에 사시던
목사님이 어젯밤 꿈에 귀인이 온다는
계시를 받아 기다리고 있었다며 융숭히
맞아주지 않았겠어요. 알고 보니 거기가
아주 영산이라는 거야. 나도 처음에는
반신반의했는데, 저번 영성 새벽 기도회에서,
왜 혈맥이 확 뚫린다는 말 있잖아요. 태양혈이
활짝 열린다던가, 단전에서부터 뜨끈한 기가
머리에 올라오는데, 내가 그날 이후로 그리
시달리던 관절염이 다 낫지 않았겠어……"

　　어째 세계관이 많이 엉키지 않았나
싶었지만 오히려 어른들은 태양혈과 단전과
관절염에 더 솔깃한 듯했다. 뜨뜻미지근하게
굴던 어른들이 혹시 풍도 치료해주나, 나도
당뇨 있는데, 하며 옥장판 판매 사원이라도
만난 듯 웅성거렸다.

듣자니 큰어머니를 집에 처박아두고
제 뒷바라지만 시켜왔던 큰아버지가 그날
이후로는 손 붙잡고 집 밖으로 다니면서
나들이도 시켜주고, 사람도 만나게 해주고,
교회 일이라면 용돈도 턱턱 주고, 동네 모임
만든대도 좋다, 좋다 박수 쳐주는 모양이라,
좋은 게 좋은 거라고 큰어머니 입장에서는
신이 보우하사 인생이 확 편 셈이었다.

"……우리 교회에서 안수 기도 받고
암 치료하신 분도 계세요. 그러게 작은
서방님네도 진작 우리 교회 왔더라면……"

"그 참 용한 교회네요!"

민재가 또 귀청 떨어지도록 고함을
질렀다. 밥상 날아가는 줄 알았다.

"저도 허리 안 좋은데 한번 찾아가볼까
싶습니다!"

젊은 녀석이 판소리 고수처럼 얼쑤

맞장구를 쳐주니 큰아버지 얼굴이 환해졌다. 큰아버지는 나와 작은아버지를 차례로 엉덩이로 밀쳐내고 민재 옆에 바싹 붙어 앉았다. "젊은 사람이 말귀도 잘 알아듣고 좋네, 이번 주말에 영성 모임이 있는데, 자네 한번 와보겠나……."

그때였다. 퍼억, 하고 박 깨는 소리가 빈소에 웅장하게 울려 퍼졌다.

"어디 남의 상갓집 와서 씨알도 안 먹힐 소리 하고 있어!"

큰고모였다. 오늘 이 장례식장을 실질적으로 지배하는 분이었다. 평생 장례지도사 하다 은퇴하신 분인데, 집안에 상이 있으면 상조회사도 다 물리고, 본인이 운영하는 마을 번영회가 운영하는…… 동네 장례식장에 불러들여서 장례 절차를 도맡아 해주시는 분이었다. 큰고모가 이리 뛰고

저리 뛰는데 손아래 여자들이 엉덩이 붙이고
쉴 수도 없는 노릇이라, 자발적인 가족노동
착취와 무료 봉사 속에서 무일푼으로 장례가
돌아가는 기적을 일으키시곤 했다.

　　모두가 얼어붙었다. 우리가 아, 우리 집안
큰어른은 큰아버지지, 하며 깜빡 빠져 있던
가부장제의 착각이 진짜 큰어른의 뒤통수
싸대기 한 방에 날아가버리고 말았으니.

　　"네가 어릴 때부터 그리 비리비리해갖고
몸이 허하니 헛것을 보지! 애들 앉혀놓고
헛소리 할작시면 어여 국 처먹고 저기 뜨끈한
데 가서 잠이나 처자!"

　　큰고모는 하녀의 제왕처럼 큼지막한
스테인리스 쟁반에서 육개장과 전과 밑반찬을
기운차게 내려놓고는, 빈 접시를 우악스럽게
손빗자루로 쓸어 담고 주방으로 유유히
사라지셨다.

지성이라고는 한 푼도 없는 싸대기에
고이 잘 가꿔온 권위와 지위를 한순간에
날려버린 큰아버지는 망연자실해졌다.
큰어머니는 식은땀을 흘리며 전단지를
챙겼고 어른들은 제각기의 핑계를 대며
하나둘 자리를 떴다. 반쯤은 집에 갈 채비를
했고 반쯤은 멀리 흩어졌다 다른 자리에서
이합집산을 했다.

　　주방에 가보니 큰고모는 허드렛일의
신처럼 냄비를 벅벅 닦고 계셨다. 고모와
이모들이 닦은 식기도 설거지 꼴이 이게
뭐냐며 수세미로 벅벅 광을 내고 계셨다.

　　"멀쩡하던 놈이 어디서 잡귀 붙어 와서는,
주책이여, 주책……."

　　큰고모는 나를 보더니 얼굴에 소금을 확
치고 주방 세제가 묻은 고무장갑으로 귀를
퍽퍽 쑤셨다.

"귀 씻어라. 헛소리 들으면 귀로 험한 것
들어온다."

아, 혹시나 싶어 덧붙이는데, 뭐 기대하지
말기 바란다. 아쉽게도 이것은 사실주의
문학이다. 오늘 비현실적인 일은 아무것도
일어나지 않는다.

❖

"주은아, 나 청해에 가보고 시꾸나."

엄마는 뭔가 먹고 싶은 것 떠올리는지
입맛을 다시다가 중얼거렸다. 나는 침상 옆
보호자 의자 겸 침대에 쪼그리고 있다가 그
말을 듣고 벌떡 일어났다. 귀를 의심했다.
마침 나는 보호자 없는 환자 입원도 안
시키는 병원이 왜 보호자 침상은 사람이
도저히 못 잘 형태로 만드는지 궁금해하던

참이었다.

마침 문병 왔던 막내 고모가 "청해? 언니, 어디요?" 하며 폰을 뒤적였다.

"아, 티베트에 있는 호수네. 아이고, 예뻐라…… 새파랗네. 〈걸어서 세계 속으로〉 같은 데서 봤나 보네. 그래, 얼른 나아서 우리 비행기 타고 휙 갑시다. 아, 아닌가……? 청해진 말하는 거요? 장보고가 세운 유적지? 아, 전남 가고 싶으시구나. 우리, 전남 가서 비빔밥 먹을까?"

고모의 말에 엄마는 난처해하며 내 안색을 살피셨다. 요즘 유달리 부정확해진 발음 탓에 못 알아듣나 하는 눈치였다.

"주은아, 청해는 싫어? 그러면 고성에 가까?"

"고성? 강원도 고성? 통일 전망대 있는 데 말이죠? 거기는 여태 추워요. 봄 오거든 같이 갑시다. 가서 물막국수 먹을까?"

나는 난감해졌고 엄마는 내 난감함에
어색해했다. 뇌에 암이 퍼진 이후로 간혹
엄마의 발음은 자음과 모음이 기묘하게
뒤섞이곤 했다. 하지만 그건 암에 비해서는
그리 중요한 문제가 아니었기 때문에 의사를
비롯해서 아무도 신경 쓰지 않았다.

암 판정을 받은 날 엄마는 반쯤 역정을
내며 "세계 일주 실컷 하다 갈 거야" 하고
선포하셨다. 그리고 이젠 아빠도 누구도
말리지 못할 거라며 싱글벙글하셨다.
어쩐지 사주에서 말년에 호강한다더니 그게
암이었다며 좋아했다. 그러면서 산티아고
순례길이나 필리핀 해안가, 티베트의
사막처럼, 평생 한 번도 간 적이 없는
관광지를 들떠서 이야기하곤 했다.

하지만 마지막까지 우리는 동네 뒷산 한

번 제대로 가보지 못했다. 그러려면 의지와
여력이 필요했는데, 우리 가족에게는 그 둘이
다 없었다. 의지와 여력은 엄마를 병원에
눕혀두려는 의사에게만 있었다.

엄마는 아빠에게 병을 숨기라고 했다.
"아빠가 알면 네가 돌볼 사람이 둘이 될 거다"
하셨다. 나도 그럴 것 같았다.

하지만 결국 의심을 멈추지 못한 아빠가
나를 다그쳐 사실을 알게 된 후로 역시나
내 일은 두 배가 되었다. 그날부터 아빠는
울며 돈을 벌어오겠다고 집안을 뒤집어놓기
시작했는데, IMF 이후로 여태 한 푼도 벌어본
적 없었던 사람이 갑자기 돈 버는 재간이
생길 리가 없고, 나한테 돈을 뜯어내려 들거나
집안 뭉칫돈을 모아 수상한 다단계 같은 데
들이붓느라 통장만 거덜내고 있었다. 애는
쓰니 애틋하다고 해야 할지.

나는 사람 둘 돌보랴, 한순간에 박살이 난 집안일 하랴, 병원비 대려 일러스트 외주를 두 배로 하랴, 먹고 잘 짬도 나지 않았다.

그 와중에도 엄마와 나는 틈틈이 계획을 짜고 여행 가방을 싸고 표와 숙소를 예약한 뒤 "이번 검진만 받고 가자"며 서울 병원으로 가곤 했다. 그러면 질풍처럼 회진을 도는 의사가 입원 명령을 내린 다음 홀연히 사라지곤 했고, 우리는 주눅이 들어 표와 숙소를 취소하기를 반복했다. 마지막까지도 우리 방에는 밑반찬까지 꼼꼼히 싼 여행 가방이 얌전히 놓여 있었다.

지금도 궁금해하곤 한다. 왜 우리는 그토록 긍정적이었을까. 줄어드는 암 수치를 증시 보듯 보며 즐거워했을까. 왜 일찌감치 비관하지 않았을까. 우리가 확연히 절망했더라면 무엇이든지 할 수 있었을 텐데.

어디로든 갈 수 있었을 텐데.

……여행을 갈 수 있었을 텐데.

❖

빈소 바닥은 검고 끈적끈적하다. 갈라진
시멘트를 뚫고 웃자랐다가 시든 풀이
퇴비화되어 늪처럼 쌓여 있다. 한 걸음 내딛자
발에 찐득하니 달라붙는다. 문은 녹슬었고
죽은 곰팡이와 이끼로 덮여 어두침침하다.

❖

"고모부하고 애들 못 와서 미안하다."

막내 고모는 새로 맞춘 양복 치맛자락을
추스르며 말했다. 방금 조카애 하나가
뛰어다니다가 새 치마에 육개장을 엎은

것이 못내 신경 쓰이는 듯했다. 고모는
"액땜이려니……" 하고 주문을 외우더니
마법처럼 진정했다.

"애들이 꼭 오겠다는 걸 내가 뜯어말리지
않았겠니. 우리 첫째가 이달에 결혼하거든.
상문살 나면 어쩌니. 나도 안 오려다가,
그래도 집에서 한 명은 와야겠다 싶어서."

내가 예, 당연하지요, 하고 고개를
주억거리는데 고모가 막 걸려온 전화를 받고
식장이 떠나가라 소리를 높였다.

"어, 그래, 응, 모텔 가서 박박 씻고
들어가려고. 그러게, 하필 이럴 때 말이지,
아니, 언니 가는데 안 올 수가 있어야지. 아유,
그러게 말야. 나도 모텔비 아깝고 집에서 자고
싶은데……."

내가 땀을 뻘뻘 흘리는데 막 입구에서
구두 뒤축에 주걱을 쑤셔 넣던 아빠 동창

친구가 말을 얹었다.

"거, 마트 같은 데 들렀다 가면 됩니다."

그 말에 고모 귀가 쫑긋 섰다.

"그 정도로 돼요?"

"아니면 버스 두어 번 갈아타고 내리세요.
아니면 공중화장실 들렀다 가시든가요. 싹
나갑니다."

고모는 새로 알게 된 간단한 해법에 귀가
쫑긋쫑긋하다가, 아유, 쉽게 가려다 부정 타지,
하며 발걸음을 재촉했다. 그러다 문밖에서
잠시 서서는 주머니에서 굵은 소금을 꺼내
몸에 척척 쳤다.

엄마가 다니던 문화원 민요반 친구분은
강아지 털 고르듯이 내 손등을 쓰다듬었다.

"우리 엄마가 그렇게 네 어머니
귀여워하지 않았겠니. 그런데 우리 엄마도
얼마 전에 가셨거든. 둘이 비슷할 때 갔으니까

지금쯤 천국에서 같이 좋아하던 찜질방 다니며 놀고 있을 거야. ……아, 그런데 미희 씨 교회 다니셨던가?"

내가 아니요, 하고 고개를 젓자 친구분이 대번에 울상이 되었다.

"어쩌면 좋아. 가는 데가 다르네."

옆에서 남편이 황급히 "다른 데 가도 친구 있어" 하며 등을 세게 토닥였다. 친구분은 "무교면 어디 가는 거야?" 하고 물었다. 남편은 세상 진중하게 궁리하다가 "그야, 한국인이니 염라대왕한테 갔다가 49재 지나면 업보에 따라 환생하겠지" 했다. 친구분은 그제야 좋아했다. "아, 그러면 또 만나겠네. 더 좋다." "더 좋지." "나 아는 집에 태어나면 좋겠다. 올해 태어나는 애들 있으면 눈여겨봐야겠네."

작은아버지는 어쩐지 내내

싱글벙글이셨다.

"어제 꿈에 네 할아버지 할머니 오랜만에
오시지 않았겠니. 두 분 깨끗한 하얀 한복
입고 오셔서 형수 좋은 데 데려가니까 걱정
말라고 하시더구나."

옆에서 가만 듣던 작은어머니가 인상을
확 찌푸렸다.

"며느리도 시부모님이 데려가시나."

"응? 아, 이 사람, 당연하지. 형수도, 응?
우리 진부 이씨 집에 시집왔으니 응? 우리
집안사람 아닌가. 당연히 우리 부모님이 마중
나오셔야지."

작은어머니는 볼이 부었다.

"뭐 그래, 당신은 죽으면 친부모님이
오셔서 데려가고, 나는 시부모님이 데려가고?
나 죽으면 우리 부모님이 와야지, 왜 당신
부모님이 와. 당신 부모님이 나한테 뭐

해줬다고. 나 키워준 건 우리 부모님이구먼."

"허, 이 사람, 자, 잠깐만, 그러면 당신 죽으면 친정 돌아갈 거야? 먼저 죽으면 나 마중하러 안 올 거야?"

그 말에 작은어머니는 더 어두컴컴해졌다. 작물 망한 밭 쳐다보는 얼굴로 음침하게 말했다.

"죽었는데 성불도 못 하고 당신 올 때까지 저승 입구에서 기다리고 있어야 하는 건가…… 시집살이도 이런 시집살이가 없네……."

"아니, 이 사람."

"저승 가면 그래도 내 부모님하고 같이 알콩달콩 살 줄 알았는데, 죽어서도 이씨 집안 귀신이란 말인가…… 인생에 희망이 없네."

"어허, 이 사람."

작은어머니는 밖으로 나가며 "죽기

직전에 이혼 서류 가라로라도 쓰면 혹시 박씨 집안 귀신으로 편입되나" 하고 궁리했고, 작은아버지는 "이 사람, 저 사람" 하며 팔딱팔딱 뛰었다.

❖

밖에는 찐득찐득한 비가 내렸다. 하늘은 텅 빈 구멍처럼 어두워 번들거리는 빗줄기가 그나마 하얗다.

거리는 죽은 식물들에게 먹혀 있었다. 겨울마다 송어 축제로 인산인해를 이루던 체육관 공원은 텅 비었고 드문드문 화마에 삼켜진 듯 시커멓게 부서졌다. 담쟁이는 뱀처럼 담벼락을 뒤덮고 갈대는 승냥이처럼 건물 지반을 뜯어먹는다. 송정천에서 기어 나온 쑥과 모시풀이 도로를 삼키고 보도블록

사이로는 쇠비름이 울창하며 전신주는
가시박이 휘감는다. 강은 탁한 나머지
거울처럼 음산하게 거리를 비추었다.

❖

"아무튼 저 고모부 형님이란 분은 어디서
헛것 한번 잘못 보고 저리 꽂혔나 몰라."
큰외삼촌 첫째 딸 사촌 언니가 애
기저귀를 갈며 투덜거렸다.
빈소 바깥 휴게실에는 외사촌네들이 따로
모여 있었다. 한쪽에서는 민재 녀석이 또 낄
자리 못 낄 자리 모르고 와서 한 상 거하게
차려놓고 전을 작살내고 있었다.
"뭘 다 진지하게 듣고 있어. 다 한 귀로
흘려야지."
그 남편이 애 다리를 마사지하며

대꾸했다.

"그냥 우리가 모르는 세상도 있는 거야.
그리 생각하는 게 마음 편해."

옆에서 가만 듣던 막내 이모 아들이
불안하게 눈알을 굴리다가, 큰 결심을 한 듯
침을 꿀꺽 삼키고 두 주먹을 불끈 쥐더니 등을
곧추세우며 말했다.

"형님, 누나들, 나, 실은 말이지요,
지금까지 아무한테도 말 못 한 경험이 있는데
말입니다."

막내 이모 아들은 긴장해서 마른 입술을
축였다.

"저 얼마 전에 군대 전방 다녀왔잖습니까."

"그런데?"

사촌 형부가 애를 안고 엉덩이를 팡팡
두드리며 눈을 흐릿하게 떴다.

"우리 있던 부대가 뭐랄까, 배산임수에

좌청룡 우백호라고 하잖습니까. 영험한 기가
쫙 모이는 산세 있잖아요. 딱 그런 데였는데
말입니다."

"그런데?"

"그날 말이죠. 한여름인데도 겨울처럼
기온이 뚝 떨어진 으슬으슬한 날이었는데
말입니다. 상병이 잠깐 화장실 가는 바람에
나 혼자 GP 지키고 있었는데 말입니다.
그날따라 사방에 안개가 자욱해서 한 치 앞도
안 보이더란 말입니다. 그런데 가만 휴전선
근방을 보는데 뭐가 희끄무레한 것들이
움직이더란 말이지요. 미리 말해두겠는데,
내가 진짜 거짓말 치는 거 아니고요."

"하얀 한복 입은 사람들이 휴전선에서
우루루 내려오는 거라도 봤어?"

사촌 형부가 아기 볼을 만지작거리며
말을 뚝 끊었다. 네! 하고 고개를 크게

끄덕이던 막내 이모 아들이 멈칫했다.

"어...... 어떻게 알았어요?"

"안개가 좌악 깔리면서 줄잡아도 수백 수천은 되는 사람들이 줄줄이 내려오디? 노인에서부터 여자들, 애들까지, 봇짐 지고, 지게 지고, 손에 손잡고, 철책 뚫고."

"어, 맞아요! 맞아요!"

"그래서 혼비백산해서 '월남입니다! 북에서 쳐들어옵니다!' 하고 무전 치고 경보 울리고 난리 치다가 상병한테 뒤통수 맞았고?"

"어...... 이상하네? 어떻게 매형이 알지? 내가 언제 말했었나?"

"나도 봤다, 짜샤."

"에?"

"거기 같은 자리에서 신병들 맨날 본다. 하도 경보 울려대는 신병들 많아서 귀신 안 보는 법 따로 교육도 받는데 처남 있을 땐 안 시켰나 보네. 보초 설 때 한군데 오래 보지 말란 말도 못 들었어?"

"자, 잠깐만요, 매형! 나 무슨 인터넷 괴담 옮긴 거 아녜요. 진짜 내가 봤다니까요?"

"나도 진짜 봤어, 얘가 정신 못 차리고 상갓집에서 할 말 못 할 말 못 가리고 떠드네. 고인 계신 데서 입 잘못 놀리면 귀신 부른다, 입 싸물고 나와."

사촌 형부가 주머니에서 담배를 탁탁 털며 일어나자 막내 이모 아들은 "잠깐만요, 잠깐" 하며 허둥허둥 뒤를 쫓아 나갔다.

둘이 사라진 뒤에, 무릎에서 칭얼대는 애한테 과자를 한 입씩 떼어 먹이며 달래던 둘째 이모 딸이 두리번거리다 조심스레 입을 열었다.

"저기, 이런 말 하면 나 이상한 사람

취급받을지도 모르지만…… 혹시 말이지……."

그러면서 걱정스러운 눈으로 나와 눈을
마주치다가 조심스레 속삭였다.

"가위눌림…… 이란 거 알아? 그 왜, 내가
저번에 야근하다가 엄청 피곤해서 까무룩
잠든 적이 있는데 말이지, 어, 음, 그게, 난
진짜 그런 거 안 믿지만……."

"아, 그러믄요, 그거 흔합니다."

민재가 기운차게 끼어들었다. 그 말에
둘째 이모 딸은 의아해하다가 한순간에
받아들이고 얼굴이 활짝 피었다.

"아, 그래요? 흔한가? 흔하겠지?"

"그러믄요, 유체이탈 혹시 해보셨어요?
자다가 몸에서 붕 뜨는 거 있잖습니까. 그것도
하다 보면 잼납니다."

"아, 흔하구나. 다행이야."

둘째 이모 딸은 크게 안도하며 가슴을

쓸어내렸다.

❖

……헤픈 것이다.

❖

"우리 그러면 수암에라도 갈까……?"

엄마는 코에 산소관을 끼우고, 수액을
종류별로 매달고, 웅웅대는 산소 포화도
측정기를 매단 채로 중얼거렸다. 마침 문병 온
둘째 이모가 고개를 갸웃하고는 되물었다.

"수암? 수암이 어디요? 어디…… 안산
수암산? 아, 아니다, 충남 수암산 말이구나.
언니 희한한 데도 많이 알아. 그런데,
그쪽 말고 가까운 오대산이나 청태산처럼

둥글둥글하니 평탄한 산이 안 낫나?
백두대간에서 잔뼈 부분 말고, 굵직한 등뼈
산 말요. 거기 휠체어 길도 있고 환자 다니기
좋아요."

　"전에 주은이 네가……."

　엄마는 혼란스러워하셨다. 엄마는 때로
자기 기억을 못 믿었고 때로는 더없이
확신했다.

　"같이 가자고 했는데."

　나도 혼란스러웠다. 엄마가 부르는 지명이
일관적이었다면 나도 확신할 수 있었겠지만,
그 지명은 마라도나 제주도, 전주 같은
멀쩡한 지명과 구바쿠, 마가 같은 알 수 없는
단어 사이에 끼어 드문드문 나타났다. 나는
의심했지만 그저 의심했을 뿐이었다.

　항암 중에 엄마는 돌연히 귀가 멀었다.
그것도 암에 비하면 별로 중요한 문제가

아니었기 때문에 역시나 아무도 신경
쓰지 않았다. 그러다 어느 날 병원 마당을
산책하던 중에 역시 아무 이유도 없이 도로
트였다. 그날 엄마는 너무 좋아 병원을
아이처럼 방방 뛰어다니셨다. 그날 엄마는
모든 수치가 정점을 찍었고 백혈구 수치도
열 배로 치솟았다. 간호사들이 흥분해서
기적이라며 차트를 들고 오갔었다. 하지만
다음 날 항암제를 들이붓자 기적은 한순간에
사라졌다.

지금도 생각한다. 만약 내가 좀 더 신비를
믿는 사람이었다면.

더 종교적이었거나 쉽게 미신을
믿는 사람이었거나 몽상을 신봉하는
사람이었더라면, 그날 엄마를 데리고 병원을
나올 수도 있었을까. 그랬다면 엄마는 혹시
잠시나마 회복할 수도 있었을까.

한 번이라도 여행을 다녀올 수 있었을까.

간병의 힘듦은 육신의 고단함이나 무너진 일상이나 파탄난 재정에 있는 것이 아니었다. 내 순간순간의 선택이 결국은 사랑하는 사람을 죽음으로 이끌고야 말았으리라는 그 맹독 같은 확신에 있었다.

"아, 내가 그렇게 집에 환자 있을 때 묫자리 바꾸는 게 아니라고 했는데."

올 때부터 계속 인상을 찌푸리던 큰당숙은 양복 코트를 걸치며 내게 핀잔을 늘어놓았다.

"우리 집 선산이 숨은 명당이었는데. 응? 네 증조할아버지가 풍수를 좀 아셔서 싸게 사놓고 자손 대대로 거기 묻으라고

유언하셨건만. 요새 세상이 어찌 되려고,
이제 벌초하러 갈 애들 없다고 다 파내서
반은 납골당으로 보내고 반은 흩뿌리고.
조상님들이 얼마나 놀라셨겠니. 내가 제수씨
아프니 미루자고 그렇게 말렸……."

"그 산, 앞에 아파트촌 들어서면서 기운 다
막혔수다."

옆에서 큰당숙모가 지팡이를 찾아 들어
땅에 퉁퉁 치며 말하자 당숙이 눈을 둥그렇게
뜨며 말을 뚝 멈췄다.

"아, 그랬나?"

"우리 선산이 원래는 앞에 강줄기 흘러서
화기 쭉쭉 빨아들이는 지형이었는데 산 앞에
큰 아파트 단지 올라와서 기 꽉 막혔다고
부동산 하는 사람에게 여러 번 들었수다.
그래서 요새 집에 악재만 있고 환자도 줄줄이
생기지 않았겠소. 집안에 더 변고 생기기 전에

얼른 빼내서 다행이지."

"아, 그렇군. 그랬구먼."

큰당숙이 큰 근심이 사라진 얼굴로
기분 좋게 고개를 끄덕이며 가는데 뒤에서
당숙모가 굽은 등으로 지팡이를 툭툭 짚고
쫓아가며 혀를 끌끌 찼다. "집에 잘나가는
사람 눈 씻고 봐도 없구만 명당 같은 소리
하고 앉았다……."

재당숙은 사뭇 엄숙한 얼굴로 내 어깨를
꾸욱 쥐었다.

"그래, 이제 앞으로는 네가 아빠
엄마로구나."

어찌나 뿌듯해하는지. 내가 무슨 정부에서
녹 먹는 새로운 벼슬이라도 받는 줄 알았다.

"앞으로 네가 엄마 대신 집안 잘 꾸리거라.
아버지 잘 돌봐드려야지. 아침저녁 잘
차려드리고."

둘째 당고모도 내내 불만이었다. 팔짱을
낀 채로 나를 위아래로 훑어보며 혀를 끌끌
찼다.

"나이 드신 분 말기에는 항암 하는 거
아니야. 항암제 그거 다 맹독인 거 몰라?
면역력 떨어져서 결국 합병증으로 고생만
하다 죽어. 내 주변에 항암 한 친구들 다
죽었어. 나 혼자 살았지."

그리고 생존자로서의 자부심과 질책을
함께 담은 눈으로 나를 지그시 노려보았다.

"나 아는 데 가서 나처럼 채식하고
생식했으면 너희 엄마도 살았을 텐데."

들어와보니 아빠는 대기실에서 부조금
가방 허투루 놓았다며 사촌 애들을 다그치고

있었다. 음식값 관값을 다 따지고 앉았던
아빠는 "그 중요한 것을 관리도 제대로 안
하고" 하며 호통을 치고 있었다. 수십 년 만에
비로소 찾아온 웃어른 노릇이 몹시도 행복해
보였다.

　주방은 어째 분위기가 달라져 있었다.
쓰레기가 한구석으로 밀어 치워져 있었다.
말끔해진 자리에 소반이 놓여 있고 막국수 한
그릇이 올라가 있었다. 갓김치며 삶은 달걀이
장을 얹은 막국수 위에 소복하게 담겨 있었다.
뒤쪽 종이 상자에는 방금 쓴 듯한 축문이 붙어
있었다. 분향소에서 가져온 국화 한 송이가
소주병에 꽂혀 있고 간장 그릇에서 향이 타고
있었다.

　큰고모는 그 앞에서 절을 올리다가 나를
보더니 함박웃음을 지었다. 나를 손짓해
불러 옆에 바짝 앉게 하고는 큰 비밀이라도

알려주는 양 귀에 속삭였다.

"네 어머니 내가 방금 막국수 먹여드렸다."

"네?"

"왜, 너희 엄마 항암 시작하고는 속 다
뭉그러져서 그리 좋아하던 시원한 막국수
한 그릇 제대로 못 먹지 않았니. 아까 나
찾아와서 한탄하면서, 에휴, 저승 가면
이승처럼 맛난 국수는 있겠소, 하길래, 내가,
아 이 사람, 그깟 국수 하나 때문에 성불 못
하면 쓰나, 해서 내가 뚝딱 해다가 약식으로
제사 지내드렸더니 어찌나 맛있게 드시고
가시던지, 아주 바닥까지 싹싹 핥으며
시원하게 드시더라. 얘, 마음 푹 놓거라. 네
엄마 아주 맘 편하게 가셨다."

나는 환히 웃는 큰고모를 한참 보았다.

아, 그랬군요. 좋은 일이에요, 잘됐어요,
하고 일어나려는데 숨이 콱 막혔다. 눈에

눈물이 고이는데 한번 터지자 주체할 수가
없었다.

　내가 눈물을 쏟아내자 처음에는 그래,
그래, 하며 귀엽다는 듯 등을 두드리던
큰고모가 퍼뜩 정신이 들더니 혼비백산해서
어머나, 애, 하고 나를 끌어안았다.

　"아이고, 얘야, 아냐. 아이고, 아냐. 내가
장난친 거야. 아유, 놀랐지? 내가 헛소리를
했어. 깜박 졸아서 꿈꾼 거야. 아까 하도
기운이 없어서 반주 한 잔 하는 바람에."

　변명이 마침표마다 튀었다. 이부자리 깔던
아빠가 허둥지둥 들어와서는 아니, 누님, 왜
애를 왜 울려요, 하고 다그치고, 큰고모가
내가 입이 방정이어서, 하며 제 입과 내 등을
두드렸다. 아빠는 큰고모와 나를 끌어안고
청승맞게 울기 시작했다. 그 바람에 눈물은 쏙
들어갔다. 늘 애는 쓰는 분이었다.

❖

　나는 빈소 안쪽에 자리한 가족 대기실
침대에서 까무룩 잠들었다 깨어났다. 두 명이
누우면 다 차는 작은 방에서, 나는 밤 풀벌레
소리를 들으며 하염없이 천장을 보았다.

　그리고 애써 부여잡고 있던 정신을 다
풀어놓았다.

　'공허'가 나를 덮치도록 내버려두었다.

　그러자 세상이 탁해지기 시작했다.
흑백영화처럼 퇴색되었다. 붉은색부터
삭았다. 삭으며 푸릇푸릇해졌다. 푸른색마저
바래자 무채색만이 남았다.

　색이 다 빠지자 변모가 시작되었다.
시간이 달음박질쳤다. 벽지가 삭아 하얗게
일어나고 바싹 마른 페인트가 죽은 피부처럼
툭툭 떨어졌다. 장판과 침대에 곰팡이가

거뭇거뭇 피어났다. 천장에서는 거미줄이 무겁게 늘어지고 벽에서는 실금이 나무처럼 자라났다. 창이 종잇장처럼 맥없이 부서져 탁한 바람이 몰아쳤다.

나는 일어나 앉아 삭은 매트리스를 쓰다듬었다. 꺼끌꺼끌한 천 표면과 뜯어진 박음질 자국을 매만졌다. 숨을 들이켜자 텁텁한 곰팡이 내음이 코끝을 찔렀다. 공기가 시큼했다. 오감이 교체되자 나는 변위變位되어 있었다.

유체이탈, 자각몽, 가위눌림, 백일몽, 어쩌면 혹은 유계 여행, 그런 것 중 하나겠지만, 어떤 말도 내 체험에 딱 들어맞지 않는다. 마치 '가위눌림'이라는 단어가 없는 영어권 사람들이 악몽, 수면마비, 백일몽, 어떤 용어를 대입해도 가위눌림 현상을 포괄해 요약할 수 없는 것처럼. 그래서 나는 단순히

여기서 저기로 넘어간다는 뜻으로 '변위'를
쓴다.

　타고난 수면 장애, 과도한 시각 기억과
심상, 뇌의 과활성화 혹은 이상 활성화,
무엇으로든 설명할 수 있겠지만 설명할 수
있다 한들 현상이 사라지는 것은 아니다.
체험이 없어지는 것도 아니다.

　현실의 내 몸은 기절하듯 잠들어 있을
것이다. 간혹 연결이 끊어지지 않은 몸이
꼿꼿이 앉아 있거나 눈을 깜박일 때도 있어,
다른 사람이 보면 몽상에 빠져 있는 줄 알기도
한다.

　오늘 나는 계속 통제를 잃고 있었다.

　이 빈소에서 벌써 몇 번이나
변위되었는지 모른다.

　몇 년 전에야 드디어 자제할 수 있게
되었다고 좋아했는데. 밤에 잠자리에 들면

낯선 곳을 정처 없이 헤매는 대신 남들처럼 평범하게 의식이 꺼졌다가 아침에 눈을 뜰 수 있게 되었다고, 아무도 알아주지 않는 시험에 합격한 것처럼 혼자 뿌듯해했건만. 이제 다 헛일이 되고 말았다. 다시는 회복할 수 없을 것만 같다.

……여행만 갔더라면.

한참을 울다 돌아보니 엄마가 옆에 와 계셨다.

어제도 그제도 와 계셨다. 아까 장례식장에서 얼핏 보기도 했다. 첫날 나는 '아, 사람은 죽은 뒤에도 살아 있구나' 하고 깨달았고, 둘째 날은 그것을 보편적인 진리로 받아들였다. 깨어나자마자 밤에 기껏 깨달은 진리를 상식으로 재편해야 한다는 사실에 혼란을 느꼈고, 다음 날에는 같은 되돌림을 또 해야 한다는 사실에 당혹스러웠다. 이 생각의

재편을 앞으로도 아침저녁으로 하리라는
예상에 아득해졌다.

　엄마는 조금 부패해 있었고 죽은 지
얼마 안 되어서인지 고단해 보였다. 하긴,
그렇게 작은 몸에 항암제와 모르핀을 그리
들이부었으니, 노곤하기도 할 것이다.

　「여기는 어디니?」

　엄마가 물었다. 목소리 대신 생각이
들려왔다. 엄마에게 생기는 없었다. 눈을
깜박이거나 두리번거리지도 않았다. 숨을
쉬느라 어깨를 들썩이거나 코를 실룩이지도
않았다. 나도 생각으로 답했다.

　'한탄이요.'

　「한탄?」

　'진짜 이름은 몰라요. 그냥 내가
그렇게 불러요. 한탄에 빠져 있을 때 오는
곳이라서……?'

나는 어릴 때부터 내가 자주 드나드는
곳의 이름을 하나씩 지었다. 하지만 지명처럼
보이는 이름 조합에는 한계가 있어서 내가
상상해서 지은 이름을 검색해보면 한국
어딘가에 같은 지명이 나오는 편이다.

한탄은 인류가 지구에서 갑자기 모두
사라진 다음 아득한 시간이 지난 미래처럼
보인다. 내가 그렇게 느낄 뿐 알 도리야 없다.

엄마는 불만스러워 보였다. 여기가 별로인
듯했다. 음침하기만 하고 별로 볼 것도 없네,
하는 기색이다.

「주은아.」

엄마가 눈을 초롱초롱 반짝이며 말했다.

「난 청해에 가보고 싶구나.」

'거긴 못 가요.'

나는 냉큼 저항했다. 엄마는
뾰로퉁해졌다. 나는 투정을 부렸고 엄마도

맞투정을 했다. 애, 여긴 싫어. 볼 게 하나도 없잖니. 아픈 엄마를 뭘 이런 데 데려왔니. 난 청해에 가보고 싶어.

미칠 노릇이었다. 친척들은 엄마 잃은 애더러 이놈의 손님맞이를 다 시키더니만, 죽은 엄마는 내가 가장 행복할 때 가는 곳에 데려가달라고 한다. 슬픔을 두들겨 패는 방식이 잔혹해 못 살 지경이다.

감당이 되지 않았다. 하지만 언제 무슨 일은 감당이 되었던가.

가야지. 죽은 사람이 부탁하는데.

나는 엄마의 거무튀튀한 손을 잡았다. 그리고 이동했다.

햇빛이 수평선에 부서져 눈부신 금빛으로 빛났다.

청해靑海는 군도群島로 둘러싸인 짙푸른

바다다. 섬은 편안하니 야트막하고 둥그스름하다. 하늘은 탁 트여 새파랗고 섬 아래쪽에는 물안개가 피어나 마치 구름 위에 떠 있는 듯하다.

섬 하나하나가 예술품이다. 어느 섬은 짙은 청록색 수풀 사이로 눈처럼 하얀 바위들이 우뚝우뚝 서 있다. 마치 신상 같다. 누군가는 나와 비슷한 상상을 했는지 바위마다 불상이 새겨져 있다. 바위 마루에는 흰 물새 떼가 둥지를 틀었다가 가끔 먹이를 찾아 날아오르는데, 그럴 때마다 바위가 꽃처럼 흩날리는 듯 보인다.

어느 섬은 산수화 같은 두덕두덕한 기암괴석으로 둘러싸여 있다. 정상은 장미꽃잎이 내려앉은 듯 붉은데, 간혹 그 눈이 하느작거린다. 갓 개화한 꽃밭처럼 보이는 것은 붉은 새 떼다.

어느 섬은 하늘 높이 떠 있다. 이 섬의 나무는 섬 위아래에서 자란다. 아래에 난 나무줄기는 햇빛을 찾아 굽고 바람에 휘어 원형으로 큰다. 아래에서 기웃거리면 고리 같은 여러 겹의 나무줄기 통로 사이로 꽃이 만발한 섬이 들여다보인다.

이곳의 탐미적인 면은 초감각이다. 초시력으로 보듯이 믿을 수 없을 만치 선명하고 또렷하다. 수십 종의 원추세포로 보듯이 가시광선을 넘어선 무수한 색채를 본다. 때로는 360도의 시야각이 펼쳐진다. 무엇을 보려고 마음먹으면 현미경처럼 확대된다. 저 멀리 있는 섬의 이파리에 흐르는 이슬의 반짝임이며, 새들의 반들반들한 눈동자와 햇빛처럼 하얀 깃털까지 본다.

또한 공감각의 세계다. 시각을 이동하면 오감이 따라간다. 저쪽의 섬을 보려고 초점을 이동하면, 높이 솟구친 파도에 흩어지는 물보라가 몸을 적신다. 안개에 가득한 습기를 맛보고 전자기파를 듣는다.

나는 축제 같은 감각의 향연 속을 운행하다가 산수화를 닮은 섬 정상에 내려섰다. 벌판에 융단처럼 푸근하게 덮여 있던 붉은 새들이 날개를 펴고 날아올랐다. 엄마는 그제야 환하게 웃었다.

「와보니 좋구나.」

속이 다 트이는 얼굴이었다. 핏기 없던 얼굴에 생기가 돌고 뺨도 입술도 발그레해졌다. 거뭇거뭇하던 손발도 아기처럼 매끈매끈해졌다. 엄마는 풍경을 눈에 담으며 경탄했다.

「산티아고보다 낫네.」

'지구 어디보다 낫지요.'

나는 으스대며 말했다. 물론 허세였다.

살면서 아직 지구 어디는커녕 평창군내도
제대로 돌아보지 못했건만.

그래도 나는 아직은 내 이 자각몽의
왕국, 환몽의 우주보다 더 환상적인 풍경을
본 적이 없다. 여기 있다 보면 현실이 오히려
결여된 세계 같다. 이곳이 온전한 세계며,
현실은 미감이라고는 없는 폭력적인 독재자가
무작위로 검열해 중요한 것은 다 지워버리고,
아무것이나 무작위로 남긴 세상 같다.
뭉텅이로 조각이 날아간 퍼즐처럼 아무리
짜맞추어도 전체를 이해할 수 없는 세상.

의욕이 났다.

'수암水庵에도 가볼래요?'

「수암, 그래, 좋지.」

수암은 '아래'에 있다. 나는 강하했다. 진흙
속으로 파고들고 거미줄처럼 겹겹이 엉킨
나무뿌리를 지나, 지각 아래로 내려가 새파란

물 밑으로 빠져들었다.

수암은 수몰 성전이다. 완성된 가우디의 성당이 심해에 가라앉은 듯한 곳이다. 원뿔 탑을 여러 겹 겹친 듯한 구조의 높은 중심 홀이 있고, 홀 주위로 여러 갈래의 전당이 있다. 벽면은 살아 움직이는 듯한 부조로 빼곡히 꾸며놓았다. 천장은 흔들리는 물살에 흐릿하다. 드높은 스테인드글라스 창에서는 밝은 햇빛이 쏟아져 내부를 무지갯빛으로 비춘다.

산호로 뒤덮인 고대 신상 사이를 황금빛 인어와 인면어 무리가 빛을 뿌리며 헤엄친다. 나는 그들이 죽은 이들의 영혼이라고 느낀다. 이들은 산호와 따개비, 소라게, 물고기의 알로 뒤덮인 의자나 제단 사이를 유유히 헤엄친다.

「고성古城에도 가보고 싶어.」

엄마가 말했다.

고성은 이름 모를 어느 문명의 버려진 유적이다. 여전히, 내가 그렇게 느낄 뿐 알 도리야 없다. 홍콩의 구룡채성을 연상시키는 복합 거주지로, 생물처럼 증축이 계속되며 거주지가 위로 쌓이고 옆으로 이어 붙으며 성채에 가까운 모습이 되었다. 단단한 돌과 흙으로 지어 얼핏 보기로는 로마의 콜로세움 같다. 지각변동으로 드넓은 바위산에 반쯤 파묻혀 있고 지표에는 일부만 드러나 있다. 이 유적의 벽은 해 질 녘의 바다처럼 짙은 푸른색이다. 돌은 이끼로 덮여 있고 이끼는 별처럼 빛난다.

모두 내가 사랑하는 곳이다. 아득한 곳들. 인류가 아직 태어나지 않았거나 모두 사라진 뒤의 고요한 세상. 그러면서도 사람이 만든 예술만은 남아 대자연의 일부로 스며든 곳들.

「기분 나쁜 곳은 가본 적 없니?」

즐겁게 유람하던 엄마가 문득 궁금한 듯 물었다.

'많이 가지요.'

기분 나쁜 곳, 그 많은 기분 나쁜 곳을 어떻게 다 말로 설명할까.

만약 내가 변위를 온전히 통제할 수 있었다면 나는 내심 뻐기고 살았을지도 모른다. 어쩌면 더 오래 떠돌 방법을 연구하고, 은근슬쩍 남에게 방법을 알려주고 같이 해보자고 권유했을지도 모른다. 하지만 변위는 내게 환희와 두려움을 같이 준다. 벅참과 몸서리침을 같이 준다. 아마 그것이 균형이리라. 황홀경을 누린 대가는 정확히 그만큼의 악몽이다.

마음이 조금이라도 흐트러지면 변위는 통제를 잃는다. 문득 풍경 한구석에서 나타난 불길한 풍경은 불길한 상상을 이끌고, 불길한 상상은 더욱 불길한 곳으로 나를 이끈다.
한번 두려움에 사로잡히면 이후로는 휩쓸릴
뿐이다. 밤새 악몽에 쫓기다 지친 마음을
회복하지 못한 채로 다시 밤이 찾아오면
악순환이 계속된다. 그런 시기의 악몽은 매일
점점 더 짙고 현란해진다. 그러다 보면 밤마다
전쟁터를 헤매는 병사처럼 마음이 상하고
만다.

감람은 카타콤을 닮은 지하 미궁이다.
어둡고 퀴퀴하고 숨 막히도록 좁고 북적인다.
벽은 단단한 돌벽이고 빈틈없이 으스스한
해골로 메워져 있다. 일어서면 천장에 머리가
닿고 길은 겨우 둘이 비집고 지나갈 만큼
좁다. 이곳은 혼령들이 조각배에 탄 난민처럼
발 디딜 틈 없이 엉켜 있다. 모두가 서로에게
기대거나 끌어안은 채 누워 쉬거나 잔다.
죽음은 누구에게나 힘든 일이고 혼령들은

고단한 노동을 끝낸 노동자처럼 서로의 노곤함을 위로한다. 나는 미궁을 빠져나가고 싶지만 그러면 죽은 이들을 밟지 않으려 조심해야 한다. 길은 하염없고 아무리 헤매도 구조를 파악할 수 없다. 이전에 갔던 곳을 다시 지날 때도 있지만 기억은 도움이 되지 않는다.

우수는 불벼락이 끝없이 쏟아지는 대지다. 여기도 어느 차원의 먼 미래 같다. 문명이 작동했을 때는 수명이 다한 인공위성을 유도해서 대기권에 내던져 녹이는 사람들이 있었는데, 이곳에서는 그들을 관리할 지식이나 기관이 모두 사라진 듯하다. 지금도 작동하지 않는 것을 포함해 인공위성의 숫자가 1만 5천은 된다는데, 이때는 그 수가 수십만으로 늘어나 있다.

매일 어디선가 노후한 인공위성의

잔해가 신의 진노처럼 추락한다. 사람들은
언제 쏟아질지 모를 절멸을 피해 어디에도
정착하지 못하고 양 떼나 순록처럼 들판을
떠돌며 살아간다. 하지만 기껏 구축한
거주지는 냉혹한 불벼락에 하루아침에 사라져
흔적조차 남지 않는다. 미신과 체념만이
사회를 지배한다.

내가 그저 떠올리기만 했는지, 아니면
빛처럼 빠르게 그곳들을 돌아보고 왔는지
문득 헷갈렸다. 실상 이 상념의 세계에서는 그
둘이 다르지 않다.

「한 번도 귀담아들어준 적이 없지.」

엄마는 가볍게 회한했다.

그제야 생각이 났다. 어릴 때는 간혹
엄마에게 자랑하기도 했다. 그때 나는
누구나 나처럼 다른 세계를 오간다고 믿었다.
엄마가 장에서 파는 밑반찬 이야기하듯

쉽게 떠들어도 되는 줄 알았다. 나는 엄마의
귀여워함, 맞장구, 웃음, 흘려들음, 그러다
벼락처럼 스치는 굳은 침묵, 당혹과 두려움이
뒤섞인 시선을 통해 변위와 현실의 차이를
배워나갔다.

「마지막이 오니 왠지 미안해지더라고.」

그래서 가자고 했구나. 나는 그제야
엄마가 섬망 속에서 내 상상의 장소를 입에
담은 과정을 이해할 것 같았다.

'아네요. 그랬다면 더 곤란했겠지요.'

나는 답했다.

'단순하게 외면해주어서 다행이었지요.
푸닥거리하거나 뭐 믿으면 없어진다며
다그치지 않고.'

그런 사람도 많았다. 뭐 믿으라든가,
기도하라든가, 보약을 달여 먹으라든가,
침대를 삐뚜름하게 하라든가, 집터를

옮기라든가, 부적을 쓰라든가. 남의 기이를
통제할 방법을 안다고 믿는 사람들은
넘쳐났다.

그리 되지 않는다. 내 기이는 그들의 것과
다르니.

오롯이 나만의 것이니.

이 또렷한 체험이 보편적인 현실과
구별되는 단 한 가지는, 타인과 공유할 수
없다는 것이니.

행여라도 내가 이것을 누구에게
이해받기를 바란다면, 대화할 사람이나
함께할 동료를 찾는다면, 현실이 공허를
포용하는 대신 공허가 현실을 집어삼키고
만다. 그랬다간 삶은 해체되어 부서지고 만다.

「그래, 그래도 다행이지 않니.」

엄마는 봄날처럼 밝게 웃으며 말했다.

「이렇게 같이 여행할 수 있으니.」

그러자 심장이 두근, 하고 뛰었다. 상처가
다 봉합되며 마음이 뭉근하니 따듯해졌다.

하지만 동시에 회의가 밀려들었다.

이것은 한낱 꿈이다. 내가 스스로를
위로하기 위해 만든 망상에 불과하다.
어쩌다 엄마가 내 환몽의 여행지를 입에
담았을지 궁금해하다 떠올린 하나의 해석본에
불과하다.

하지만 반대 방향에서 새로운 회의의
물결이 맞파도를 쳤다. 나는 단순한 일을
단순하게 보지 못하고 있어. 알 수 없는 것은
그저 알 수 없는 것일 뿐, 이 체험을 굳이
상식의 언어로 해석하려 하는 것도, 종교의
언어로 해석하려는 것과 똑같은 편협함이다.
내 오감이 겪은 진실을 굳이 부정하려는 것도
분열증적인 일이다.

주어진 그대로 받아들여야지.

이 또한 하나의 선물이니.

❖

밤이 깊어갔다. 큰고모는 취해 꼬장
부리는 어른들을 달래 집에 돌려보내고,
여기저기 널브러져 잠든 사람들을 한데 모아
바로 눕히며 담요를 덮어주었다. 중간에
큰고모가 "머리 남향으로 해야지" 하자, 다들
"아, 그렇죠" 하고 군말 없이 일어나 나란히 한
방향으로 누웠다.

내가 길 잃은 취객이라도 있을까 싶어
장례식장 뒤편을 돌아보니, 큰아버지가
바위에 쭈그리고 앉아 혼자 담배를 태우고
있었다. 민족 대명절 장례식을 맞아 전도할
꿈에 부풀어 단단히 채비하고 왔건만,
큰고모의 싸대기 한 방에 다 볼품없어지고

나니 영 허탈하고 쓸쓸한 모양이었다.

큰아버지는 나를 보더니 반갑게 인사하고 바위 한편으로 비켜 앉고는 나를 옆에 앉혔다.

"주은아, 너도 내 말 들으면 헛소리 같지? 큰아버지 교수 생활 멀쩡히 잘하다가 돌았구나, 싶지?"

큰아버지가 볼썽사나운 웃음을 지었다.

"얘야, 나는 그때 구원받았단다. 이 은총을 나 혼자만 받고 싶지 않구나. 다른 사람도 나와 같이 나눌 수만 있다면 좋겠어."

큰아버지는 땅이 꺼져라 푹푹 한숨을 쉬었다.

"너도 딱 한 번만 겪어보면 무슨 말인지 알게 될 거다."

순간 벼락처럼 저항감이 일었다. 이 사람의 내면의 무대 앞에 펼쳐진 가상의 군중이 거슬렸다. 내가 상주인 줄도 모르고,

내가 엄마를 잃은 사람인 줄도 모르는 이
늙은이의 경망스러움이.

"한 번만, 한 번만이라도 내가 본 것을 볼
수 있다면."

"매일 봐요."

나는 충동적으로 내뱉었다. 큰아버지는
내 말을 들을 마음이 없었기에 "그 기적을,
신비를" 하며 말을 잇고 있었다.

"어릴 때부터 매일, 수도 없이, 질릴 만치."

말을 마치자마자 나는 우월감을 느꼈다.
나는 승리감에 젖어 자신만만하게 어깨를
폈다. 하지만 큰아버지의 눈에서 대번에
격렬한 불신이 되쏘아졌다. 동공이 무섭도록
흔들렸다. 왜 이런 재미없는 농을 치는지
격렬히 탐색하는 눈이었다.

나는 바로 풀이 죽었다. 심장
밑바닥에서부터 낯 뜨거운 조롱이

메아리쳤다. 방금 다짐하고는 금세 잊었구나.
이것은 입에 담는 순간 하찮아지고 마는
것이다. 순간이나마 으스대고 싶은 욕망에
휘둘린 것이 민망하고 초라했다. 큰아버지는
뭘 이해했는지 몰라도 알겠다는 듯 내 등을
두드렸다.

"지금은 큰아버지 말이 귀에 잘 안
들어오겠지만, 잘 새겨듣다가, 언제든 아, 그때
큰아버지 말이 그 뜻이었구나, 싶어질 때……"

아, 그제야 알 것 같았다.

이 사람은 너무나 잘 살아온 것이다.
그래서 오만해진 나머지, 신비가 얼마나
헤픈지 모르는 것이다.

세상이 불가해로 이루어져 있음을 믿어본
적이 없기에, 일생 딱 한 번 찾아온 비현실을
저 혼자에게만 쏟아진 은총인 줄로만 안다.
홀로 선택받은 자라는 증명인 줄로만 안다.

세상에 부품처럼 딱딱 맞아 들어가며 일생
한 줌의 의심도 혼란도 없이 살아온 이
사람으로서는, 일생 딱 한 번 찾아온 불가해를
해석할 방법이 그뿐이었던 것이다.

기이는 흔해빠진 것이다.

잡풀처럼 무성하다 못해 경이마저도
주지 않는다. 널려 있다 못해 진부한 것이다.
그러므로 기이에 삶을 침해당할 이유도
없으며, 신비를 접했다고 현실의 삶을 굳이
새로이 해석할 까닭도 없는 것이다.

"야아아, 이주은! 상주가 관 안 지키고
밖에서 뭐 하냐?"

귀청 떨어지는 소리가 관자놀이를 쳤다.
민재가 저쪽에서부터 성큼성큼 걸어와서는
반항할 새도 없이 내 손을 잡아 일으켰다.

"아저씨! 죄송합니다. 안에서 애 찾는

사람이 많아서요. 나중에 좋은 말씀 많이
듣겠습니다."

민재가 충성, 하고 경례하는 시늉을 하자,
큰아버지는 어, 그래, 아무렴, 그래야지, 하고
사람 좋은 미소를 지으며 가라는 손짓을 했다.

하아, 나는 기운이 쭉 빠져
흐늘흐늘해졌다. 주차장 부근에 왔을 때 나는
민재의 손을 뿌리치고는 정강이를 퍽 쳤다.

"가라, 좀."

"차 다 끊겼다."

민재가 다리를 문지르며 말했다.

"장지까지 따라올 거냐."

"왜, 버스에 자리 없나."

"됐으니까 가라. 네가 뭐 내 오빠냐,
동생이냐, 반가운 거 다 가셨으니까 가라.
요새 집에서 내놨냐. 집에서 밥 안 주냐."

"느이 엄마."

"엄마 뭐."

"느이 엄마 가신 날 내 꿈에 오셨다. 니가
하도 울어서 안 되겠다고, 옆에 좀 있어달라
그러시더라."

말문이 턱 막혔다.

"아, 나 걔 안 본 지 10년도 넘었어요,
전화도 안 해요, 하고 투덜댔드만, 야, 이
자슥아, 하고 머리 쥐어박으면서 너 우리
집에서 얻어먹은 밥값만 쌀이 석 섬이여,
요 은혜도 모르는 것, 그러시는 거야. 깨서
곰곰 생각해보니 느이 엄마도 참, 부탁할
사람이 나밖에 없었나 싶고, 너 서울 학교
가서는 친구 하나 안 만들었나, 짠하기도
하고, 그래도 나 떠올려주시니 고맙기도 하고.
그래서 그길로 기차 타고 부랴부랴 올라왔다.
왜, 나 어릴 때 우리 부모님 맨날 싸우느라
나는 뒷전이었고, 나 밭고랑에서 굴러다니는

거 너희 엄마가 주워다가 밥해 먹이지
않았으면 엇나가지 않았겠냐. 아, 나 연락받고
온 거 아니다. 연락 기차 내려서 받았다. 동창
단톡방 열린 거 보고서야 연락 안 받고 왔다는
거 생각나더라."

내가 물끄러미 보자 민재가 나를
가리키며 말했다.

"아, 의미 부여하지 마라. 거짓말이란 뜻은
아니고. 참말이다. 그런데 나한테만 참말이다.
너한테는 아무 의미도 없다. 무슨 말인지
알겠냐. 됐다, 몰라도 된다."

그 말에 맥이 탁 풀렸다. 마음이
누그러졌다. 신기하기도 하지. 이리 간단히도
사람에게 정이 붙다니.

"가자, 일찍 나가려면 자야지."

"어, 그래."

나는 민재의 손목을 손가락으로 집어

잡아끌었다. 녀석은 강아지처럼 졸졸
따라왔다. 손이 따끈따끈했다.

아, 참, 그렇지, 말하지 않았던가.
오늘 비현실적인 일은 하나도 없었다.

작가의 말

원래 썼던 단편이 있었는데, 쓰면서 영
마음에 차지 않았다. 쓴 뒤에 주변에 물어보니
거의 같은 설정으로 일본 작가의 책이 있고
영화화도 된 작품이 있는 것을 알고는, 아,
이래서 그토록 마음에 차지 않았나 보다, 하고
폐기하고 말았다.

새로 단편을 쓰려다 보니, 왠지 이야기를
연이어 자아내는 것에 지치는 기분이라 좀
더 솔직한 이야기를 해보고 싶었다. 그래서
이렇게 나답지 않게 사실주의 소설을 쓰게

되었다. 독자가 어떻게 느낄지 몰라도
나로서는 지나치리만치 현실적인 소설이다.

이 소설은 '왜 똑똑한 사람들이 그리
쉽게 사이비에 빠지는가?'를 생각하다가
펼쳐진 이야기다. 생각은 모두 소설에 담았다.
그러면서 미신과 주술적 사고, 신비 현상이
난무하는 일상의 장소를 생각하다 보니
장례식장이 되었다.

한편으로, 이 소설은 처음으로 내가 사는
주변을 배경으로 쓴 소설이기도 하다. 늘
한국을 배경으로 한다는 생각은 했으면서
정작 내가 사는 평창을 무대로 삼지는
않았었다. 아마 사실주의 소설이어서 이렇게
된 모양이다.

쓰면서 여러 오컬트 책, 환각이나 신비
체험, 신내림과 무속, 미신에 대한 책을
읽었다. 체험 그 자체보다는, 신비를 접한

사람들이 어떤 태도를 취하고 어떻게
해석하며 삶에 받아들이는가를 보고자 했다.

2024년 가을

김보영

김보영 작가 인터뷰

Q. 《헤픈 것이다》를 읽으면 대가족이 주인공인 주말 드라마와 환상적인 판타지 영화를 함께 보는 것 같은 기분이 들어요. 장례식장이라는 풍경에 놓인 진부 이씨 가족들의 '티키타카'를 즐기는 것이 정말 재미있었어요. SF는 독자들에게 낯선 경험을 주는 장르이기도 하잖아요. SF와 리얼리즘을 뒤섞어 활자에 녹여내실 때, 두 지점을 자연스럽게 연결해 구현해내는 작가님만의 비법이 있을까요?

A. 흠, 이 소설은 SF가 아니에요. SF와 사실주의가 섞인 소설도 아니고, 완전히 사실주의 소설이지요. 왜냐하면 모두 현실에서 일어날 수 있는 일이고, 현실에는 일어나지 않지만 있을 법한 일을 상상하는 소설이 아니니까요. 나이 든 분들은 미신적

사고가 흔하고, 그렇기에 기이 현상도 흔하게 겪어요. 꼭 나이 든 분들만 그러는 것도 아니지요. 장례식장에서는 더더구나 기이한 이야기들을 많이 듣게 되어요. 주은이 체험하는 유체 이탈에 가까운 생생한 자각몽도 겪는 사람이 많지요.

아무래도 제가 쓰면 뭘 써도 SF로 보이나 봐요. 최근에 'SF를 쓰지 않는 J(제2). 김보영'이라는 필명을 만들었으니 잘 활용해봐야겠어요.

Q. 소설 속에서 주은은 "좀 더 신비를 믿는 사람이었다면"(40쪽) 병원에 갇혀 지쳐가는 엄마를 구할 수 있지 않았을까 하고 후회하지요. 이 후회는 '믿는 사람' 특유의 의심 없는 면모, 무모한 확신을 갖지 못한 스스로에 대한 자조로도 읽히는데요. 눈을 감으면 '변위'의 세계로 떠날 수 있는 주은조차도 사랑하는 사람의 아픔 앞에서 여행 대신 치료를 택한 것이, 어쩔 수 없는 현대인이라고도 느껴졌고요. 한편으로는 작가님은 어떤 스타일이실까 궁금해졌어요. 작가님은 '믿는 사람'에 가까우신가요, '현대인'에 가까우신가요?

A. 주은의 태도와 비슷해요. 기이에 탐닉하는 것은 비과학적인 태도고, 동시에 기이를 부정하는 것도 비과학적인 태도지요.

기이는 널려 있으되 '알 수 없는 것'이고,
그러므로 알 수 없는 것으로 내버려두고
현실을 살아야지요. 물론 현대 과학으로
설명되는 것도 많지요. 그 이상으로
신비를 이해하려는 욕망에 빠지다가는
사이비에 빠지는 거고요. 공자님 말씀대로,
불가지不可知한 일은 불가지한 것으로
내버려두고 현실을 살아야 하는 거죠.
하지만 가족이 아플 땐 또 이 모든 생각이
무색하지요.

Q. 3주간의 홈페이지 연재 당시 작가님 신작을 오매불망 기다리고 있던 독자님들로부터 즐거운 응원과 박수가 도착했었어요. 《헤픈 것이다》가 작가님의 오랜 팬 독자님들과, 위픽 독자님들께 어떻게 읽혔으면 좋겠는지 소감 한마디 부탁드려요.

A. 가볍게……?

Q. 소설 속에서 '기이'란 지극히 개인적인 동시에 보편적인 것이고, 그 체험을 타인에게 이해받길 바라는 순간 "삶은 해체되어 부서지고 만다"(66쪽)고 경고하고 있어요. 교수직을 던져버리고 전형적인 사이비처럼 보이는 새천국재림교회에 의탁한 큰아버지의 모습에서 '기이를 설명하려는 사람' 특유의 바보 같은 면이 드러나기도 하죠. 이 작품을 구상하시게 된 계기가 있다면 무엇일까요?

A. '왜 똑똑한 사람들이 그리 쉽게 사이비에 빠지는가?'에 대한 생각을 한동안 하고 있었어요. 어떤 답이 떠올랐고, 언젠가는 그에 대한 소설을 쓰자고 생각했었지요.

Q. 소설을 여러 번 읽고 주은과 엄마의 마지막 여행을 쫓다가 문득 영화 〈인사이드 아웃〉의 상상 친구 '빙봉'이 떠올랐어요. '빙봉'은 달에 가고 싶어 하던 주인공 라일리가 성장하며 저절로 잊혀지는 존재인데요. 그에 반해 주은은 아주 오랜 시간 동안 '변위'를 해요. "아득한 곳들. 인류가 아직 태어나지 않았거나 모두 사라진 뒤의 고요한 세상"(60쪽)에서 아무도 만나지 않죠. 새로운 세계에서 새로운 친구를 사귀지도 않고요. 그 때문에 오히려 청해와 수암은, 고성과 감람은 드넓은 우주 속에서 실제로 존재했던 문명들의 폐허 더미같이 느껴졌어요. 주은이 눈을 감고 경험하는 "자각몽의 왕국, 환몽의 우주"들은 정말로 주은의 상상 속에만 존재하는 장소일까요?

A. 주은이 다니는 곳은 대부분 제 자각몽과 백일몽 속에서 가본 곳들을 떠올리며 썼어요. 여러 곳을 합쳐 묘사하기도 했고 기억나지 않는 부분을 상상으로 메우기도 했고요. '청해'는 제가 겪은 자각몽 중 가장 아름다운 곳이었지요. 소설을 쓰던 중에, 혹시 이거 좀 이상한 이야기 아닐까, 지금이라도 다른 이야기로 바꿀까, 생각하며 잠이 들었다가 자각몽 속에서 비슷한 곳에 다시 갔어요. 그래서 아, 그냥 써야겠구나, 생각했지요. 소설에 쓰려고 열심히 구경했고 거의 체험한 그대로 묘사했어요. 하지만 한번 갔던 곳을 반복해서 가지는 않아요. 그건 아는 분의 사연을 참고했어요.

그곳들은 주은의 상상이라기보다는 주은의 마음에 존재하는 장소겠지요. 제 마음에 존재하는 장소이기도 할 거고요.

한 조각의 문학, 위픽 wefic

구병모 《파쇄》
이희주 《마유미》
윤자영 《할매 떡볶이 레시피》
박소연 《북적대지만 은밀하게》
김기창 《크리스마스이브의 방문객》
이종산 《블루마블》
곽재식 《우주 대전의 끝》
김동식 《백 명 버튼》
배예람 《물 밑에 계시리라》
이소호 《나의 미치광이 이웃》
오한기 《나의 즐거운 육아 일기》
조예은 《만조를 기다리며》
도진기 《애니》
박솔뫼 《극동의 여자 친구들》
정혜윤 《마음 편해지고 싶은 사람들을 위한 워크숍》
황모과 《10초는 영원히》
김희선 《삼척, 불멸》
최정화 《봇로스 리포트》
정해연 《모델》
정이담 《환생꽃》
문지혁 《크리스마스 캐러셀》
김목인 《마르셀 아코디언 클럽》
전건우 《앙심》
최양선 《그림자 나비》
이하진 《확률의 무덤》
은모든 《감미롭고 간절한》
이유리 《잠이 오나요》
심너울 《이런, 우리 엄마가 우주선을 유괴했어요》
최현숙 《창신동 여자》
연여름 《2학기 한정 도서부》
서미애 《나의 여자 친구》
김원영 《우리의 클라이밍》
정지돈 《현대적이라고 말할 수 없는 죽음들》
이서수 《첫사랑이 언니에게 남긴 것》

이경희 《매듭 정리》
송경아 《무지개나래 반려동물 납골당》
현호정 《삼색도》
김　현 《고유한 형태》
이민진 《무칭》
김이환 《더 나은 인간》
안　담 《소녀는 따로 자란다》
조현아 《밥줄광대놀음》
김효인 《새로고침》
전혜진 《고르디우스의 매듭을 자르면》
김청귤 《제습기 다이어트》
최의택 《논터널링》
김유담 《스페이스 M》
전삼혜 《나름에게 가는 길》
최진영 《오로라》
이혁진 《단단하고 녹슬지 않는》
강화길 《영희와 제임스》
이문영 《루카스》
현찬양 《인현왕후의 회빙환을 위하여》
차현지 《다다른 날들》
김성중 《두더지 인간》
김서해 《라비우와 링과》
임선우 《0000》
듀　나 《바리》
한유리 《불멸의 인절미》
한정현 《사랑과 연합 0장》
위수정 《칠면조가 숨어 있어》
천희란 《작가의 말》
정보라 《창문》
이주란 《그때는》
김보영 《헤픈 것이다》
이주혜 《중국 앵무새가 있는 방》
정대건 《부오니시모, 나폴리》

위픽은 위즈덤하우스의 단편소설 시리즈입니다.
'단 한 편의 이야기'를 깊게 호흡하는
특별한 경험을 선사합니다.

이 작은 조각이 당신의 세계를 넓혀줄
새로운 한 조각이 되기를.
작은 조각 하나하나가 모여
당신의 이야기가 되기를.

당신의 가슴에 깊이 새겨질
한 조각의 문학, 위픽

위픽 뉴스레터 구독하기
인스타그램 @wefic_book

wefic - 65

헤픈 것이다

초판 1쇄 인쇄 2024년 9월 24일
초판 1쇄 발행 2024년 10월 14일

지은이 김보영
펴낸이 최순영

출판2 본부장 박태근
스토리 팀장 김소연
편집 곽선희 김해지 이은정
디자인 이세호

펴낸곳 ㈜위즈덤하우스 **출판등록** 2000년 5월 23일 제13-1071호
주소 서울특별시 마포구 양화로 19 합정오피스빌딩 17층
전화 02) 2179-5600 **홈페이지** www.wisdomhouse.co.kr

ⓒ 김보영, 2024

ISBN 979-11-7171-716-3 04810
          979-11-6812-700-5 (세트)

값 13,000원